ÉTUDES

SUR LES INSTITUTIONS

DE

CRÉDIT FONCIER

PAR

L. A. GILLET

Ancien membre du Conseil général de Seine-et-Marne.

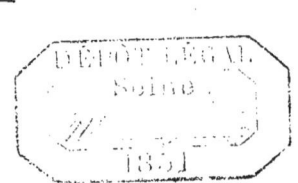

PARIS
VEUVE THIÉRIOT, LIBRAIRE
45, rue Pavée-Saint-André.

—

1851.

Paris. — Imprimerie de GUSTAVE GRATIOT, rue de la Monnaie, 44.

ÉTUDES

SUR

LES INSTITUTIONS DE CRÉDIT FONCIER

OBSERVATIONS PRÉLIMINAIRES.

Dans ces derniers temps, un fait dont la première trace remonte à plus d'un siècle a pris un tel développement qu'il a dû exciter l'attention générale : en Prusse, en Autriche, dans presque tous les États d'un ordre secondaire d'Allemagne, dans la Pologne, dans les provinces Baltiques de la Russie, quand un propriétaire d'immeubles veut contracter un emprunt, non-seulement il trouve immédiatement à le faire, moyennant un intérêt modéré, moins élevé que celui que payent le commerce, l'industrie et l'État lui-même, mais il jouit de la facilité de rembourser à longs termes la somme empruntée, de se libérer d'une manière insensible, on pourrait dire sans bourse délier, car souvent l'abaissement ainsi obtenu sur le taux de l'intérêt suffit, dans un temps donné, à l'extinction totale de la dette. Ce n'est pas tout, dans ces mêmes pays, le capitaliste jouit du précieux avantage de se procurer à volonté un placement solide pour ses épargnes, quelque considérables ou quelque minimes qu'elles soient, et cela à la simple condition de toucher un intérêt un peu moins élevé que celui qu'il recevrait ailleurs, sacrifice amplement compensé par les garanties de solvabilité et d'exactitude qu'il obtient.

A côté de ces pays favorisés il y en a d'autres où les choses se passent bien différemment : là, le propriétaire d'immeubles, quoiqu'il consente à payer un intérêt plus élevé que celui qu'on demande au commerçant, au manufacturier, à l'État, n'est jamais certain de trouver un prêteur à point nommé. De plus, le terme qu'on lui accorde s'étend rarement au-delà d'un petit nombre d'années, ce qui le condamne toujours à des frais multipliés, souvent à d'énormes embarras, à des sacrifices onéreux quand l'époque de remboursement coïncide avec ces crises financières que nous voyons maintenant se reproduire presque périodiquement, et qui, en raréfiant ou en intimidant les capitaux flottants, rendent toutes les transactions difficiles, quand elles ne les paralysent pas entièrement. Le capitaliste n'a pas plus de facilité pour rencontrer un emprunteur digne de sa confiance. Parvient-il à se faire donner un gage suffisant qui assure la rentrée de son capital, rien ne lui garantit que cette rentrée se fera à jour fixe, qu'il touchera exactement les semestres d'intérêts, qu'il sera dispensé d'avoir recours à des poursuites rigoureuses, à des expropriations forcées, mesures extrêmes pour lesquelles les gens honnêtes ont toujours de la répugnance et qui, lorsqu'elles parviennent, après des délais plus ou moins longs, à désintéresser le créancier, ne manquent jamais de ruiner le débiteur.

Parmi les pays où ce fâcheux état de choses subsiste encore on compte la France, malgré les efforts tentés à plusieurs reprises, et toujours en vain, pour y faire vivre, dans de meilleures conditions, le crédit immobilier. Mais dans ces temps de rapide communication, aucune nation ne consent à accepter une telle situation d'infériorité; aussi le gouvernement averti, excité par tous les organes de l'opinion publique, conseils généraux, académies, sociétés savantes, presse, a-t-il ordonné, des institutions allemandes, une étude sérieuse, qui l'a conduit à cette double conviction :

1° Que si le crédit foncier a pris en certains pays d'heureux développements, on le doit aux associations qui s'y sont établies et y fonctionnent d'après le même principe,

2° Que rien ne s'oppose à ce que, par les mêmes moyens, on arrive en France à des résultats identiques,

Et conséquemment à la présentation d'un projet de loi destiné à naturaliser en France des institutions dont l'utilité est démontrée par une longue et constante expérience.

Cette présentation ayant eu lieu le 8 août 1850, le projet fut renvoyé à la commission déjà chargée de l'examen des propositions précédemment faites par MM. Wolowski, Loyer et Martin (du Loiret) pour l'organisation d'établissements de crédit immobilier, et qui, deux jours auparavant, avait arrêté la rédaction d'un travail qu'il est permis de considérer comme le résumé, ou plutôt comme la fusion des propositions des honorables membres qui siégeaient dans son sein. La commission n'a pas dit sans doute : Il est trop tard, mon siége est fait ; mais elle n'a pu s'occuper qu'accessoirement du projet du gouvernement, y puisant tout au plus quelques améliorations de détail, et c'est ce qui est regrettable, parce que, quels que soient les talents, les connaissances, les bonnes intentions qu'on puisse apporter dans une semblable tâche, il est impossible de posséder individuellement la masse de renseignements, le faisceau de lumières, et, disons-le, la haute impartialité qu'un gouvernement parvient facilement à réunir. C'est ce qui explique peut-être comment une commission d'hommes éclairés et voulant le bien n'a abouti, après de pénibles et généreux efforts, qu'à des conclusions inacceptables dans leur ensemble et de nature à compliquer une question à laquelle il importait surtout de conserver un caractère de grande simplicité.

Pour justifier cette opinion, il nous suffira de bien préciser le but que se propose la loi. S'agit-il ici, ainsi que le veulent de hardis novateurs, de créer le crédit foncier, de le tirer du néant, comme s'il n'existait pas, de mobiliser le sol, ainsi qu'on le dit, d'augmenter le capital national par des émissions de billets auxquels on parviendrait à donner le caractère de la monnaie, alors même qu'ils ne seraient pas échangeables à la volonté du porteur, contre un poids correspondant de ces métaux précieux adoptés pour instruments d'échange dans les transactions des peuples civilisés? non, mille fois non. L'intention avouée du législateur n'est pas d'une aussi ambitieuse portée. Elle se réduit à répondre au vœu public, à doter la France des institutions qui, ailleurs, amènent des résultats assez avantageux pour exciter notre envie, et qu'il dépend de nous de nous approprier, en faisant un intelligent emploi des procédés par lesquels on sait ailleurs se les procurer.

Ce n'est pas qu'à notre avis il suffise de copier machinalement les associations allemandes sans chercher à les perfectionner, à les mettre en harmonie avec nos habitudes sociales, l'esprit public, la constitution particulière de notre propriété; ce que nous demandons, c'est qu'on distingue le principe sur lequel repose le succès de ces institutions, qu'on le respecte, qu'on ne le dénature pas sous prétexte d'améliorations. Placé sur ce terrain, le succès est infaillible; car si, comme l'a dit

M. Thiers, en parlant des banques de circulation et d'émission, *rien n'est plus vieux que la science des banques, rien de plus usuel, de plus connu que les fautes qu'elles peuvent commettre,* ces paroles sont également vraies aujourd'hui pour les établissements de crédit immobilier. Les implanter, les acclimater en France, ce n'est pas aussi difficile qu'on se plaît parfois à le dire, puisqu'il suffit de s'adresser aux vrais principes de la matière, de s'abstenir de courir les aventures d'essais nouveaux, d'avoir enfin le bon sens courageux de préférer le connu à l'inconnu.

Ce courage, le ministère belge l'a eu, lorsque, cédant aussi à la pression de l'opinion publique, il a présenté à l'assemblée législative du pays le projet qu'elle vient d'adopter, et qu'il lui a dit avec autant de netteté que de modestie : *L'institution que le gouvernement vous propose de fonder sous la dénomination de caisse de crédit foncier sera organisée sur des bases analogues à l'institution créée en 1841 en Gallicie.* Ce même courage n'a pas manqué au ministère du commerce de France, dont l'idée première était de n'accorder d'autorisation qu'aux institutions fondées sur les mêmes principes que les grandes associations allemandes, idée quelque peu modifiée dans l'épreuve subie par le projet devant le conseil d'État, lequel, pour avoir cédé à une inspiration généreuse en proposant de ne pas restreindre les faveurs de la loi aux établissements fondés sur une seule et même base, n'en est pas moins tombé dans une erreur que la suite de cet examen démontrera.

L'auteur du livre qui a le mieux fait connaître en France les institutions de crédit foncier, M. Royer, les divise en deux groupes généraux :

Les établissements créés en vue des emprunteurs exclusivement ;

Ceux créés dans l'intérêt des prêteurs au moins autant que dans celui des emprunteurs.

Le mécanisme des premiers n'est, ne peut être autre chose que la réunion d'un certain nombre de gages hypothécaires concentrés entre les mains d'une personne fictive appelée institution de crédit foncier ; combinaison simple et féconde, au moyen de laquelle prêteurs et emprunteurs trouvent, cela n'est pas contestable, les avantages que nous avons précédemment signalés.

Les seconds sont de véritables banques, qui, en réunissant à l'émission des titres hypothécaires une série d'opérations lucratives, peuvent parvenir à réduire au minimum possible le taux des prêts à la propriété, tout en offrant aux actionnaires un placement fort avantageux. Ce sont là des avantages réels qu'il serait déraisonnable de dédaigner s'il ne fallait les acheter trop chèrement, comme en Bavière, dont la banque hypothécaire et d'escompte mérite le grave reproche d'émettre un papier-monnaie dont le cours est forcé, et qui, à cause de cela même, ne peut se livrer qu'à des opérations limitées, tout à fait insignifiantes comparées aux besoins du pays.

On ne cite, d'ailleurs, en Allemagne, que cette seule banque constituée sur ce pied ; les autres établissements sont tous des associations de propriétaires emprunteurs ; aussi, pour ceux qui en ont fait une étude sérieuse, il n'y a de véritables institutions de crédit foncier que là où elles sont établies et fonctionnent dans l'intérêt exclusif de la propriété, en dehors de toute idée de bénéfice au profit des capitalistes prêteurs, et, suivant l'opinion émise dans l'enquête devant le conseil d'État par un des hommes les plus versés dans cette matière, on doit repousser toute intervention d'actionnaires, parce qu'ils sont spéculateurs, qu'ils sont dans la nécessité de chercher de gros dividendes et qu'ils traînent à leur suite des directeurs et des administrateurs coûteux.

Voilà les considérations toutes puissantes, selon nous, qui avaient déterminé le gouvernement à n'appeler que les associations de propriétaires emprunteurs à la jouissance des priviléges concédés par la loi, parce qu'en effet elles méritent seules d'être considérées comme des institutions politiques, que seules, à ce point de vue, elles peuvent justifier la concession de droits spéciaux contre l'abus desquels elles donnent, par leur constitution propre, des garanties qu'on ne trouverait pas plus dans des compagnies de capitalistes qu'auprès des individus à qui personne n'a eu l'idée de les confier.

Malgré ces considérations, la commission propose de reconnaître trois espèces d'établissements différents, dont la première seulement appartient au premier groupe de M. Royer, et de les investir tous, par l'autorisation du président de la république, des priviléges et des moyens extraordinaires d'action que la nouvelle loi va créer en leur faveur.

Ces établissements prennent, dans le projet de la commission, les noms qui suivent :

1° Agences de vérification et de garantie du crédit immobilier ;

2° Caisses de garantie et de prêts immobiliers ;

3° Banques de crédit immobilier.

Pour nous, le point capital étant de savoir si l'on doit ou non s'écarter des principes fondamentaux sur lesquels reposent les institutions allemandes, avant de procéder à l'examen du mode de constitution proposé pour les établissements qui, ayant pour modèle ceux du premier groupe de M. Royer, prennent le caractère de véritables associations de propriétaires emprunteurs, nous rechercherons d'abord ce qu'il est permis d'espérer et de craindre des combinaisons nouvelles dont l'initiative appartient à MM. Loyer et Martin.

CHAPITRE Ier.

Des caisses de garantie et de prêts immobiliers.

Faute de bien démêler le caractère des institutions de crédit foncier qui, suivant la juste expression de M. Rossi, rappelée par l'honorable rapporteur de la commission, *ne sont autre chose qu'une heureuse application du principe de l'association soumis à l'action, ou du moins à la haute surveillance de l'État,* on éprouve une sorte de frayeur à voir ces établissements se faire souscrire des obligations hypothécaires en échange de simples morceaux de papier appelés lettres de gage, et l'on se persuade que ce serait un véritable progrès d'adjoindre une caisse de prêt aux associations de propriétaires, appelées par la commission des agences de garantie, afin d'arriver, par cette combinaison, à faire des prêts en numéraire, au lieu de les faire en lettres de gage dont la négociation peut être difficile et onéreuse pour l'emprunteur. Tel est le but que s'est proposé M. Loyer; l'a-t-il atteint?

Une compagnie d'actionnaires qui a réuni un million le place en obligations hypothécaires, et la caisse crée pour une somme égale de lettres de gage, qu'elle tient en portefeuille (n°s 1 et 2 de l'article 19 du projet de la commission).

Des demandes nouvelles sont faites. En échange des obligations hypothécaires qu'on souscrit à son profit, la caisse a la faculté de donner aux emprunteurs des lettres de gage ou du numéraire qu'elle se procurera en négociant celles qu'elle a en sa possession, mais à une condition, c'est que la négociation des titres du porte-feuille ne se fera pas au-dessous du pair (art. 19, n° 4 du projet). Dans le premier cas, la caisse de garantie et de prêts immobiliers opère absolument de la même manière que les associations de propriétaires emprun-teurs, et il n'y a pas à s'en occuper ici. Dans le second cas seulement, elle se trouve dans son élément parti-culier, et il importe de bien déterminer ce qu'il ad-viendra de son mode de procéder.

Tant que les lettres de gage se négocieront au pair, la caisse peut transformer les titres de son portefeuille en numéraire, qu'elle emploie à faire de nouveaux prêts, lesquels donnent lieu à la création de nouvelles lettres de gage qui vont prendre la place de celles qui ont été négociées. C'est une opération qui peut se ré-péter indéfiniment, mais qui est d'un intérêt nul et pour la caisse à laquelle elle ne donne aucun profit et pour les emprunteurs qui, si on leur avait remis leurs lettres de gage, en auraient fait eux-mêmes la négo-ciation auprès des capitalistes qui ont consenti à pren-dre, contre des espèces, celles du portefeuille.

Admettons maintenant que les lettres de gage gagnent une prime et supposons, pour plus de clarté, que cette prime soit de trois pour cent. La caisse alors échange son million de lettres de gage en portefeuille contre un million trente mille francs de numéraire, et fait avec cette dernière somme des prêts hypothécaires qui amènent dans son portefeuille pour un million trente mille francs de titres, au lieu du million qui s'y trouvait avant l'opération. En continuant ainsi il n'y aurait pas, quoi qu'en dise le rapport, multiplication de capitaux, car l'effet de ce mouvement se réduit à faire passer dans les mains des emprunteurs les capitaux épargnés et accumulés en d'autres mains, mais il y aurait pour l'association une succession de bénéfices dont s'accommoderaient volontiers les actionnaires.

Malheureusement pour eux ces bénéfices n'existeront jamais, et en effet, dès que les lettres de gage d'une caisse de garantie obtiendront une prime, ce qui signifie qu'elles seront bien accueillies par le public des capitalistes, qu'elle seront demandées, comme on le dit à la bourse, l'emprunteur refusera l'onéreux concours de la caisse pour la négociation des titres à la création desquels son emprunt aura donné lieu ; il voudra profiter du bénéfice qu'il est certain d'en retirer, de telle sorte que les opérations de la compagnie, pour l'emploi de son capital, se borneront à faire de prime abord, pour son compte, des placements hypothécaires jusqu'à concurrence des sommes qu'elle aura réalisées, et que ces opérations ne pourront jamais être utilement renouvelées, à moins de donner à la caisse la faculté de faire ses prêts en lettres de gage ou en argent, à son choix, indépendamment de la volonté de l'emprunteur, c'est-à-dire en lettres de gage quand ces titres perdraient, en numéraire quand ces titres gagneraient, ce qui ne ressort nullement de la combinaison des articles 2 et 19 du projet et n'est probablement entré dans l'intention de personne.

La véritable situation des caisses de garantie et de

prêts immobiliers ainsi mise au grand jour, comment espérer qu'elles auront des actionnaires? quel capitaliste souscrira des actions qui ne produiront qu'un intérêt égal à celui qu'il obtiendrait en prenant des lettres de gage (article 23 du projet), tandis que pèserait sur le capital, ainsi engagé, l'éventualité de toutes les pertes auxquelles ne pourrait parer le fonds de réserve?

Mais, dira-t-on, si, malgré vos prévisions, il se trouve des actionnaires pour les caisses de garantie et de prêts immobiliers, pourquoi se priver de l'avantage d'avoir ainsi tout d'abord, pour les lettres de gage en cours d'émission, un fonds de garantie qui manque aux agences de vérification, c'est-à-dire aux associations de propriétaires emprunteurs?

Nous répondrons qu'un fonds social fourni par des actionnaires et employé en prêts à la propriété immobilière ou en acquisition de lettres de gage (ainsi le veut l'article 22 du projet), garantit bien la solvabilité définitive de la compagnie, solvabilité qui ne peut jamais être mise en doute pour les véritables institutions de crédit foncier, mais ne place pas cette compagnie à l'abri des embarras qu'elle pourrait éprouver à payer les intérêts de ses obligations dans le moment où ses débiteurs seraient en retard pour l'acquittement de leurs annuités. L'existence de ce fonds social ne résont donc pas la grande difficulté de l'organisation des associations de propriétaires emprunteurs, c'est-à-dire le problème de leur solvabilité immédiate et à toute épreuve. Évidemment l'avantage qu'on présente ici n'a pas la valeur qu'on y attache, et l'inconvénient de la combinaison, bien indiqué dans le rapport de la commission, est considérable. C'est, alors qu'il s'agit d'établissements créés en vue d'améliorer la condition générale du crédit immobilier, en d'autres termes destinés à procurer à la propriété des capitaux à l'intérêt le plus modique, à faciliter ses emprunts et sa libération, d'en remettre la direction aux mains de spéculateurs forcément préoccupés d'assurer de gros dividendes aux actionnaires dont ils représentent les intérêts et qui n'ont à prendre en définitive que ce qui sort de la bourse des emprunteurs.

Marcher dans cette voie ce n'est pas améliorer, c'est prendre à contre-sens, c'est dénaturer les institutions de crédit foncier, c'est compromettre leur avenir. Dans leur intérêt on devra, à notre avis, s'abstenir d'une expérience qui promet si peu, sans que rien en garantisse le succès.

CHAPITRE II.

Des banques de crédit immobilier.

Suivant le projet, les actionnaires déposent des rentes sur l'État, qu'ils mettent à la disposition de la banque, et versent une somme égale en numéraire qui reste en caisse; moyennant quoi, la banque est autorisée à émettre une somme de billets au porteur égale au montant cumulé du double capital versé et déposé, et ces billets, toujours remboursables à présentation, sont employés à faire des prêts à la propriété foncière.

De cette combinaison voici ce qui résulterait :

Pour l'emprunteur, libération complète de la dette au bout de trente-quatre ans, moyennant le payement d'une annuité de six pour cent;

Pour l'actionnaire, la certitude de recevoir six pour
cent du capital qu'il a versé; de plus, la perspective
de partager un fonds de réserve assez puissamment
constitué pour couvrir tous les sinistres et subvenir à
d'importantes et prochaines répartitions.

Disons-le tout d'abord : si de tels résultats étaient
réalisables, il faudrait renoncer à toute autre combinaison, car il n'en existe nulle part qui offre de sem-
blables avantages. Pourquoi donc n'en a-t-on jamais
fait l'expérience? pourquoi donc la commission s'est-
elle difficilement décidée à proposer l'adoption de cette
partie du projet? ou plutôt, pourquoi en a-t-elle fait
la proposition, si elle n'a pas foi entière dans les mer-
veilles annoncées par le prospectus?

L'auteur du projet et le rapporteur de la commission insistent sur la surabondance de capitaux réels
que représenteront les billets de banques de crédit immobilier; en cela ils ont raison. Il pourra encore arriver, sans doute, que les porteurs de ces billets, dans
de très fâcheuses circonstances, n'en touchent pas à
bureau ouvert le montant en numéraire, ce qui est un
inconvénient dont nous ne dissimulons pas la gravité;
mais évidemment ils ne seront exposés, en définitive,
à aucune perte; l'emploi de la réserve métallique d'a-
bord, la vente des rentes déposées ensuite, enfin le re-
couvrement des annuités, et au besoin le transport des
obligations hypothécaires souscrites au profit de la
banque, fourniront toujours des ressources plus que
suffisantes pour le remboursement des billets en cours
d'émission. Il y aurait bien quelque chose à faire dans
la prévision du cas de la présentation dans un bref délai de tous ces billets, cas qui, pour n'être pas probable,
n'en doit pas être moins prévu; mais là n'est pas la

difficulté radicale qui a empêché qu'on expérimentât
ce projet, et qui aurait dû le faire repousser ; elle consiste en ce que, pour obtenir le résultat indiqué, il faudrait que les banques constituées, comme l'a proposé
M. Martin, après avoir émis des billets pour une valeur
double du numéraire versé et immobilisé par leurs actionnaires, en pussent maintenir la circulation dans la
même proportion, ce qui est de toute impossibilité,
ainsi que nous allons le démontrer.

Quand les associations allemandes donnent à leurs
emprunteurs des lettres de gage, stipulant le remboursement du capital et le service des intérêts à un taux
déterminé, pour les capitalistes qui les acceptent ce
sont les grosses de nos obligations actuelles, avec cette
seule différence qu'ils peuvent en faire le transport sans
formalités et sans frais. Jusqu'au jour où ils donnent
une autre destination à leurs capitaux, ils conservent
ces titres dans leurs portefeuilles, le mouvement monétaire ne reçoit de leur création aucune altération, et les
associations, comme on l'a remarqué, font d'immenses
opérations d'une manière inaperçue. Il en sera tout
différemment des banques de M. Martin, qui émettront
des billets au porteur, non productifs d'intérêts, et dont
toute la valeur, pour celui qui les recevra, consistera
dans la faculté qu'ils acquerraient de devenir, à la manière du numéraire, un instrument d'échange dans les
transactions du pays. A ce titre, ces billets seront soumis à la loi d'après laquelle l'agent de la circulation,
qu'il soit sous forme d'espèces ou sous forme de papier
de crédit, n'excède jamais les besoins de la circulation,
et de là les difficultés.

Émettre des billets de banque pour une somme double du numéraire retiré de la circulation, c'est porter

au doublé les agents de cette circulation ; or, comme les besoins n'ont pas varié par le fait de l'émission, il faudrait, pour qu'elle se maintînt, qu'il sortît du pays une somme de numéraire égale à celle qui a été immobilisée. Mais ce résultat, peu désirable d'ailleurs, ne serait pas celui qui se produirait, par la raison que le numéraire d'une nation ne peut être remplacé par des billets de confiance que dans une certaine proportion, et que, lorsqu'une banque répand plus de billets que ne le comportent les besoins de la circulation, ils reviennent inévitablement se faire rembourser.

C'est ce qui ne manquerait pas d'arriver aux banques de crédit immobilier, incessamment menacées qu'elles seraient de voir se rompre l'équilibre sur lequel est fondée toute l'économie du système, et cela sans que leur solidité ait été mise en doute, avant qu'elles aient cessé d'avoir en caisse une somme de numéraire représentant la moitié de leurs billets.

Posons des chiffres pour plus de clarté : une banque qui a reçu un million de numéraire de ses actionnaires a émis pour deux millions de billets au porteur. La veille de ce jour le pays possédait en numéraire et en billets de confiance toute la monnaie réclamée par l'étendue et l'activité des échanges ; le lendemain donc il repousse, comme ne produisant ni utilité ni intérêt, cet accroissement superflu des agents de la circulation. Quoiqu'il ne soit pas impossible que l'équilibre se rétablisse par la diminution du numéraire et de l'émission des banques déjà établies, il est bien probable que la nouvelle venue en fera les frais, et ce n'est rien exagérer de supposer que, sur les deux millions de billets de la nouvelle création, une partie s'élevant à 500 mille francs, reviendra au remboursement faute d'emploi. La

2

banque de crédit immobilier se trouvera alors, avec
500 mille francs en caisse, en présence d'une émission
de 1,500 mille francs, position critique qui, en se pro-
longeant, l'exposerait à voir présenter au remboursement la totalité de ses billets. Mais comment en sortir?
C'est ce que ne dit pas le projet par une raison bien
simple, c'est qu'il n'y en a aucun moyen.

La commision indique, il est vrai, comme mesure de
précaution, la disposition qui limite, très prudemment,
dit-elle, l'émission des billets des banques immobi-
lières au double du capital métallique versé par les actionnaires. Mais ceci ne ressemble en rien à la limite
absolue imposée aux grandes banques d'émission, à la
banque de France comme à la banque d'Angleterre. Si
les banques de crédit immobilier étaient vues avec faveur par le public, si on venait à se persuader qu'elles
assurent aux capitalistes les avantages qu'elles promet-
tent, l'argent abonderait dans leurs caisses, et la France
pourrait bientôt voir circuler des masses considérables
de billets au porteur qui viendraient faire concurrence
aux billets de la banque de France sur tous les points
du territoire, même sur ceux où il n'y a pas de comptoirs de cet établissement, puisque l'on ne s'y sert pas
moins de ses billets dans les transactions habituelles,
ce qui apporterait infailliblement dans notre système
monétaire de ces perturbations qu'il importe tant d'é-
viter.

Ce n'est pas ainsi que doivent s'implanter chez nous
les institutions de crédit foncier; il leur faut des procédés moins dangereux et des allures plus modestes.
L'expérience est là pour prouver que, sans provoquer ni
brusque déplacement de capitaux, ni révolution monétaire, elles peuvent produire ce qu'on attend d'elles,

c'est-à-dire procurer aux capitalistes plus de sécurité, aux propriétaires de meilleures conditions d'emprunt et de libération.

Des essais de banques comme les conçoit M. Martin n'amèneraient aucun résultat utile ; tout ce qui en sortirait, ce serait la défaveur que leur échec jetterait sur les institutions les plus sagement combinées.

CHAPITRE III.

Des principales difficultés pour la création des associations de propriétaires emprunteurs.

Si, comme la prudence le conseille, l'assemblée pense qu'il faut s'abstenir d'expériences dont il y a si peu à attendre et tant à redouter, il lui restera à faire un choix entre le projet du gouvernement et celui de la commission restreint aux agences de vérification et de garantie de crédit immobilier, qu'il serait plus simple d'appeler des *sociétés de crédit foncier.*

Notre intention n'est pas d'examiner dans leurs détails les deux projets qui appartiennent à la même famille et reposent également sur les mêmes principes, les véritables principes en matière de crédit foncier. Sans nous arrêter aux points sur lesquels on est, ou l'on peut se mettre facilement d'accord, nous examinerons rapidement les questions capitales pour lesquelles il y a doute, et chercherons parmi les solutions proposées celles qui nous paraîtront devoir être préférées.

En déposant dans l'enquête devant le conseil d'État, M. d'Argout, dont l'autorité est si grande en pareille matière, disait :

Si vous résolvez toutes les difficultés qui s'attachent à l'organisation et à la solvabilité immédiate des associations de crédit foncier, les lettres de gage auront du crédit, et ce sont en effet deux des points sur lesquels les meilleurs esprits ont été partagés.

Quoique le projet du gouvernement n'en dise mot, il a été compris qu'il contenait implicitement la proposition de faire des directeurs des sociétés autant de fonctionnaires publics à la nomination du président de la république. La commission partage cette opinion en demandant, toutefois, que le choix du chef du gouvernement se fasse sur deux listes de présentation émanant l'une du préfet, l'autre du conseil d'administration de l'établissement.

Le raisonnement semble indiquer que la direction d'une société de crédit foncier devrait lui être laissée, le gouvernement ne se réservant qu'une mission de surveillance et de contrôle ; mais, à côté, au dessus de la logique, il y a l'expérience et elle a prononcé. On sait que la surveillance d'un commissaire spécial placé auprès d'une compagnie anonyme est sans efficacité et que le mieux est de soumettre au régime éprouvé de la banque de France les établissements dont la gestion intéresse à un haut degré la fortune et le crédit publics. La proposition toute conciliante de la commission n'aura donc probablement pas à subir de graves objections.

Quant au régime intérieur des sociétés, le gouvernement laisse aux statuts le soin de le régler, sans rien prescrire, sans rien indiquer à cet égard. Le projet de la commission ne leur accorde pas la même latitude : il stipule que les fonctions du directeur seront salariées, qu'il sera assisté d'un conseil d'administration, qu'une

partie de ce conseil sera élue par les souscripteurs d'o-
bligations hypothécaires, une seconde partie par les
porteurs de lettres de gage négociées, une troisième
partie nommée par le président de la république.

On accordera facilement que le directeur recevra
des appointements et sera assisté d'un conseil d'administration, double condition sans laquelle l'institution
marcherait difficilement et dont l'accomplissement aura
toujours lieu, qu'elle soit écrite ou non dans la loi;
mais ce qu'on n'admettra pas aussi facilement, c'est le
mode proposé pour l'organisation du conseil d'administration. Malgré le respect que nous inspirent les
hommes éminents de qui émane cette proposition, nous
n'hésitons pas à dire qu'elle repose sur une erreur de
fait et sur une erreur de raisonnement.

L'erreur de fait consiste à supposer que les associations de propriétaires emprunteurs sont intéressées
à accroître l'importance des prêts, à diminuer les garanties, tandis que, au contraire, les capitalistes preneurs des lettres de gage le sont à pousser aussi loin
que possible les restrictions qu'inspire la prudence.
Ceci manque d'exactitude, en ce sens que les pertes
amenées par de mauvais placements devront retomber
sur les propriétaires associés, sans qu'il résulte pour eux
aucun avantage direct du développement exagéré des
opérations; ils n'ont pas l'intérêt qu'on leur suppose,
et le fait est que parmi les nombreux établissements
allemands dont les conseils d'administration émanent
des seuls propriétaires emprunteurs, on n'en cite pas
un seul où la tendance signalée ici se soit produite et
ait amené les inconvénients qu'on en redoute. Nous
ajouterons que cette tendance, existât-elle, trouverait sa
répression dans l'exercice du droit, dont, à l'instar de

ce qui a été fait pour le gouverneur de la banque de
France, sera investi le directeur de l'institution, de
s'opposer à l'admission de toutes demandes d'emprunt
qui ne pourraient être accueillies sans manquer aux
règles de la prudence.

L'erreur de raisonnement dans laquelle la commission
nous semble être tombée est celle-ci : contre un mal qui
n'existe pas, contre lequel, s'il existait, des précautions
efficaces sont prises, elle propose un remède d'une
application impossible.

Aux représentants des propriétaires elle adjoint ceux
des porteurs de lettres de gage négociées. Les premiers
sont domiciliés ou du moins possèdent des propriétés
dans la circonscription qu'embrassent les opérations de
l'association; ils ont donc un intérêt permanent à la
bonne gestion de ses affaires, on sait où les trouver et
on peut espérer d'exciter, d'entretenir en eux l'esprit
d'association à un assez haut degré pour les décider à
venir nommer des administrateurs et déterminer les
plus capables d'entre eux à accepter et à remplir ces
fonctions. En sera-t-il de même des porteurs de lettres
de gage destinées à passer incessamment de main en
main? Que ces capitalistes, étrangers les uns aux autres
et disséminés sur toute la surface du pays, aient quelques
raisons de douter de la bonne administration de l'établissement dont ils auraient pris des titres parce qu'il
leur inspirait toute confiance, ils se hâteront de s'en
défaire, sans se condamner jamais à réclamer une part
dans une gestion pour laquelle ils sont vraiment impro-
pres. En dépit de la loi les intérêts qu'elle voulait sauvegarder n'auront pas de représentants.

Admettons que nous nous trompions, le conseil d'administration réunit dans son sein les délégués des

emprunteurs et des prêteurs. Les intérêts opposés sont
en présence, et dans la prévision de leur choc on veut
compléter le conseil par l'adjonction d'un certain
nombre de neutres qui, portant la majorité là où ils le
jugent convenable, deviendront, en réalité, les arbitres
d'une administration à la bonne gestion de laquelle ils
sont personnellement indifférents. Répondront-ils à
l'appel qu'on leur fera? consentiront-ils à venir au
moins une fois tous les mois, de tous les points de la
circonscription, siéger au chef-lieu? Supposant même
que l'on trouve partout les sentiments de dévouement et
d'abnégation qui peuvent seuls déterminer à accepter
une semblable mission, est-on aussi sûr de rencontrer,
dans chacun de nos départements, un nombre suffisant
de personnes réunissant à la capacité et à la bonne
volonté la possibilité de dépenser régulièrement une
aussi grande partie de leur temps à soigner d'autres
intérêts que les leurs? Il est permis d'en douter et de
prévoir que les institutions de crédit immobilier ne par-
viendront pas à amener dans leurs conseils ces représentants de la neutralité et de l'impartialité qui laisseront
aux prises les champions des intérêts dont l'antago-
nisme présumé est la seule raison d'être de la combinaison proposée.

Mais nous irons encore plus loin. Quand bien même
on parviendrait à réunir dans les conseils d'administration tous les éléments jugés nécessaires, nous ne
verrions pas là une garantie de succès. Pour légiférer,
pour réglementer, il est bon de mettre en présence les
opinions, les intérêts opposés du choc desquels jaillit
la lumière, tandis que, pour gérer, pour administrer,
c'est tout le contraire. Ce qu'il faut, c'est une rapidité,
une énergie d'action qu'on ne peut rencontrer que dans

l'accord des opinions et des intérêts, et d'une administration prise dans des camps ennemis il ne sortira jamais qu'impuissance et anarchie.

Cette faute n'a été commise nulle part en Allemagne. Dans le royaume de Wurtemberg les statuts de l'association générale de crédit accordent aux créanciers la faculté de se faire représenter par une commission de un à trois délégués nommée par les plus forts intéressés; mais, comme le fait observer M. Royer (pag. 73 de son ouvrage), *le droit et la participation des prêteurs à toutes les délibérations de l'association se réduisent à prendre connaissance de tous les actes qui peuvent les intéresser, et à donner leur avis sur toutes les opérations qu'ils croient pouvoir compromettre la sûreté de leur créance, et les seuls emprunteurs sont les véritables administrateurs de l'établissement.* Si on le jugeait convenable, rien ne s'opposerait à l'adoption d'une disposition semblable qui, à la différence de celle proposée par la commission, n'altère pas le caractère des institutions de crédit foncier, lesquelles, on ne saurait trop le répéter avec M. Royer, sont *fondées et dirigées dans l'intérêt exclusif, le plus grand, des propriétaires emprunteurs, sans aucun souci de celui des prêteurs, que pour leur donner toutes les garanties à l'aide desquelles ils se contentent du plus modique intérêt.*

Les considérations qui précèdent nous ont conduit à penser que le gouvernement avait sagement fait en laissant toute liberté aux associations pour la constitution de leur régime intérieur, et que ce ne serait pas sans danger pour elles qu'on les soumettrait à l'obligation d'adopter uniformément les prescriptions du projet de la commission.

Stipuler que le directeur des associations sera nommé par le chef du gouvernement, et révocable par lui, que

cette nomination aura lieu sur deux listes de présentation émanant, l'une du préfet, l'autre du conseil
d'administration, en laissant le règlement de la composition de ce conseil aux statuts que le gouvernement se
réserve d'approuver, voilà, à ce que nous pensons, la
meilleure solution à donner au problème de l'organisation des sociétés de crédit foncier.

§ II. — DE LA SOLVABILITÉ IMMÉDIATE DES ASSOCIATIONS DE
CRÉDIT FONCIER.

Quand le maximum du rapport des prêts avec la
valeur des immeubles hypothéqués est déterminé, quand
tout a été prévu pour que les prescriptions de la loi à
cet égard soient exécutées, quand une association a les
moyens de s'assurer que l'hypothèque qu'on lui donne
ne sera pas primée par une hypothèque et des priviléges occultes, et de faire vendre ou de séquestrer les
biens engagés sans les frais ni les lenteurs de la procédure ordinaire, quand la dette contractée envers elle
est soumise à l'action de l'amortissement forcé, et qu'il
a été pourvu à la formation successive d'un fonds de
réserve suffisant, l'institution se maintiendra *toujours*
au-dessus de ses affaires, elle aura *toujours*, en liquidant,
les moyens de payer les lettres de gage qu'elle aura
émises ; sa solvabilité définitive sera hors de toute con-
testation. C'est ce qu'explique le raisonnement, c'est ce
que démontre l'expérience.

Mais cette solidité à toute épreuve d'une association
ne la sauve pas d'un embarras qu'elle peut éprouver à
son début, celui de payer les intérêts, et de pourvoir à
l'amortissement régulier de ses lettres de gage, dans
un moment où ses débiteurs ne feraient pas exactement
le service de leurs annuités. De là l'importance de dis-

tinguer la solvabilité définitive de la solvabilité immédiate des associations de propriétaires emprunteurs; de là la nécessité de s'occuper des moyens de fonder solidement cette dernière.

Cette distinction n'a pas échappé aux hommes éclairés qui ont fait une étude sérieuse des institutions de crédit foncier; mais, par une sorte de fatalité, on a presque toujours été conduit à exagérer les garanties de la solvabilité définitive des sociétés, comme moyen d'établir leur solvabilité immédiate, et on a ainsi manqué le but.

On voit, par exemple, le gouvernement proposer de faire garantir par le département et par l'État, jusqu'à concurrence des deux tiers, les obligations des associations qui, évidemment, auront toujours par elles-mêmes, en fin de compte, les ressources nécessaires pour les acquitter. C'est une garantie purement morale, une garantie de luxe qu'on réclame pour leur solvabilité définitive, tandis que leur solvabilité immédiate n'est pas établie, qu'elles peuvent très bien ne pas payer à bureau ouvert si des circonstances mauvaises mettent leurs débiteurs en retard de s'acquitter envers elles.

La même imperfection se rencontre dans le projet dont M. Loyer a pris l'initiative, car un million de lettres de gage en portefeuille peut, dans certaines circonstances, ne pas fournir l'argent nécessaire au service courant des intérêts et de l'amortissement. C'est que, pour une association d'emprunteurs, il n'y a pas de constitution parfaite sans un fonds de réserve précédemment recueilli, au moyen duquel elle pourvoit à toutes les éventualités. Former ce fonds successivement est chose facile; mais se le procurer dès le début, établir ainsi la solvabilité immédiate de ces institutions, voilà la plus grande des difficultés qu'elles ont à vaincre, parce que, de quelque manière qu'elles s'y prennent, à quelque artifice financier qu'elles aient recours, les associations livrées à elles-mêmes n'ont réellement qu'une source où puiser le comptant qui leur est indispensable, c'est la caisse de leurs associés : triste ressource, tout le monde en conviendra, qui se réduit à demander de l'argent à ceux-là mêmes qui s'adressent à elles pour s'en procurer.

Pour la solution de ce problème, la commission propose d'exiger des preneurs de lettres de gage, au moment de la délivrance de ces titres, un versement qui ne pourra excéder 4 p. 100, ni être inférieur à 2 1/2 p. 100 du montant des prêts. Voilà bien la base de la constitution d'un fonds de réserve actuel, et nous pensions n'avoir qu'à rechercher si les sacrifices demandés aux emprunteurs ne seraient pas d'un trop grand poids pour eux, quand nous avons reconnu que cette base disparaissait par la faculté donnée aux souscripteurs d'obligation, d'être dispensés de ce versement, en tout ou en partie, chaque fois que les statuts contiendront une clause d'association générale et de garantie mutuelle entre eux. La difficulté subsiste encore pour nous, aux yeux de qui ce n'est pas remplacer les ressources indispensables au début que de fortifier surabondamment les gages de sécurité pour l'avenir.

Si, pour arriver à quelque chose de plus satisfaisant, on interroge les expériences faites sur la terre classique du crédit foncier, on reconnaît qu'en général le fonds primitif de réserve des grandes associations allemandes a été fourni, à titre de dotation, par les pouvoirs publics (voir le livre de M. Royer, sur les institutions de crédit foncier, pag. 204), et que, si une association qu'on cite souvent, celle du Wurtemberg, fait exception à cette règle, il en est résulté que, malgré la marge que laisse le taux peu élevé de l'intérêt (3 et 1/2), la dureté des conditions qu'on est forcé d'imposer aux emprunteurs les éloigne de la caisse de l'association, qui a pris peu de développement comparativement à celles des pays voisins, puisqu'il est constaté qu'en dix-sept années la somme totale des dettes hypothécaires contractées avec l'association de crédit wurtembourgeoise ne s'est élevée qu'à environ 12 millions de francs, tandis que dans une autre période de dix-sept années, de 1770 à 1787, l'association de Silésie avait émis pour près de 55 millions de lettres hypothécaires (M. Royer, pag. 60).

Obligés de demander un intérêt plus élevé et d'y ajouter des conditions aussi onéreuses que celles imposées par l'association wurtembourgeoise, comme elle nous éloignerions certainement les emprunteurs; les mêmes résultats sortiraient des mêmes causes. Ainsi que dans le Wurtemberg, les prêteurs seraient plus nombreux que les emprunteurs, et les premiers recueilleraient en réalité les avantages d'institutions établies dans l'intérêt des seconds et administrées par eux. Nous aurions, il est vrai, la satisfaction de voir des associations de propriétaires emprunteurs voler de leurs propres ailes, mais à la condition de ne pas répondre au but de leur institution.

Ici se présente naturellement la grande question de l'intervention des pouvoirs publics dans les entreprises particulières, et spécialement dans la création des établissements de crédit foncier. Qu'il nous soit donc permis de procéder à son examen avec quelque développement.

A entendre les adeptes d'une certaine école, c'est à l'État qu'il appartient d'être le créateur, le distributeur

du crédit, ce qui ne conduit à rien moins qu'à en faire
le banquier, sinon même l'entrepreneur universel. D'un
autre côté l'on prétend, au contraire, que l'État doit
borner sa mission à procurer une complète sécurité aux
hommes de travail, s'abstenant, non-seulement de di-
riger aucune entreprise commerciale, industrielle ou
financière, mais d'y donner jamais la moindre participation. Que des propriétaires fonciers, dit-on, s'asso-
cient si bon leur semble ; mais que les établissements
de crédit foncier qu'ils institueront vivent dans l'indépendance des pouvoirs publics, sans avoir rien à leur
donner ni rien à leur prendre.

Comme il arrive toujours à propos des questions
complexes qui touchent à l'économie sociale, la vérité
et la raison se trouvent entre ces doctrines absolues.
On peut, sur ce terrain, éterniser les discussions ; mais
elles ne changeront pas la solution partout adoptée, à
savoir, que si les gouvernements éclairés s'abstiennent
de tout ce que les individus peuvent faire sans eux, ils
n'hésitent pas à intervenir chaque fois qu'une entreprise d'une utilité générale et reconnue comme telle
ne pourrait être exécutée sans leur concours. Quoique,
dans chaque pays, les procédés administratifs, essen-
tiellement variables par leur nature, soient toujours en
relation avec son organisation sociale, la même règle
est exactement suivie chez tous les peuples avancés en
civilisation, dans les États les plus démocratiques de
l'Amérique du nord, comme dans l'aristocratique Angleterre (1), avec cette différence que, dans ce dernier

(1) Un tableau publié en 1838 par le contrôleur des finances de l'État
de New-York peut donner quelque idée de la mesure de l'intervention
des gouvernements américains dans les entreprises jugées utiles à la

pays, l'existence des grandes individualités en rend l'application moins fréquente.

Il n'en a pas été autrement pour les institutions de crédit foncier dans les diverses parties de l'Europe où elles ont été introduites. Tantôt le gouvernement les a fondées lui-même, tantôt elles ont été l'œuvre de compagnies particulières entièrement indépendantes de lui; le plus souvent, comme nous l'avons déjà fait remarquer, elles en ont reçu ou des avances ou des cautionnements, et cela, selon que les nécessités, nées de la diversité des temps et des lieux, déterminaient la préférence due à tel ou tel mode de procéder (1). Pour nous, il en sera de même, et s'il est une fois admis que les institutions de crédit foncier sont appelées à rendre au pays des services d'une utilité assez générale pour leur

prospérité du pays. Sur 911 millions de francs empruntés à des créanciers autres que le trésor fédéral, 830 millions et demi avaient été employés à la création de banques, de canaux, de chemin de fer.

Banques. . .	280,800,000	
Canaux . . .	321,100,000	830,500,000
Chemin de fer.	228,600,000	

De plus, 150 millions prêtés par le gouvernement fédéral avaient reçu le même emploi (voir au tome III du *Journal des Economistes* la publication de M. Michel Chevallier, *sur l'intervention dans les travaux publics du gouvernement fédéral et des gouvernements particuliers d'État dans l'Amérique du nord*). Quant à l'Angleterre, on l'a vue, il est vrai, se couvrir de chemins de fer par le seul déploiement des forces de ses compagnies particulières, assez puissantes pour ne rien demander à l'État; mais, en même temps, le gouvernement n'hésitait pas à prêter 100 millions aux propriétaires fonciers pour encourager les travaux de drainage, ni à favoriser par les plus larges subventions l'établissement de ces lignes régulières de paquebots, par lesquelles l'Europe est mise à quelques jours de l'Amérique, à quelques semaines des points les plus éloignés de la terre.

(1) En Prusse, l'association de crédit hypothécaire de Silésie, dont la fondation remonte à 1770, reçut du grand Frédéric une dotation de 1,250,000 fr. à la charge d'en payer les intérêts à 2 pour 0/0 par an.

mériter le concours des pouvoirs publics, la question se réduira à savoir si ce concours leur est indispensable, dans quelle mesure et sous quelle forme il leur sera donné.

Le fait seul de la présentation du projet de loi et des quatre propositions de MM. Wolowski, Pougeard, Loyer et Martin, l'étendue, la solennité du travail auquel s'est livrée la commission, suffiraient pour attester l'importance des résultats qu'on attend pour le pays des institutions de crédit foncier, et justifieraient la proposition faite par le gouvernement de leur donner le concours des pouvoirs publics.

Quant à la nécessité de ce concours, elle nous paraît démontrée et par l'obligation où sont les associations de propriétaires emprunteurs d'avoir dès leur début un fonds de réserve sans lequel on ne peut répondre de leur exactitude à remplir leurs engagements à bureau ouvert, et par leur impuissance propre à se le procurer malgré l'inébranlable solidité qu'elles présentent pour l'avenir.

Plus récemment, l'approbation royale, donnée le 15 décembre 1821, à l'association générale du grand duché de Posen accorda à cet établissement sur la cassette du roi un prêt de 750,000 fr. sans intérêts jusqu'à la dissolution de l'association par l'amortissement complet de toutes les sommes prêtées.

En Autriche, les états de Gallicie dotèrent l'association de cette province des fonds nécessaires pour les frais de premier établissement et d'un fonds de réserve.

Dans le Hanovre la caisse générale des impôts garantit les prêts de l'institution du crédit foncier de ce royaume jusqu'à concurrence de 500,000 thalers et en tient 100,000 autres à sa disposition pour des prêts.

Dans la Hesse-Électorale, l'État répond, avec tout son avoir, de toutes les obligations de la caisse du crédit territorial, etc., etc. (voir M. Royer, des institutions du crédit foncier).

La commission ne partage pas cette opinion. A ses yeux le concours de l'État est inutile et peut être nuisible, à ce point de vue qu'il ne pourrait communiquer aux lettres de gage un crédit supérieur à celui des fonds publics, alors que le but à poursuivre est de faire baisser l'intérêt des emprunts sur première hypothèque au-dessous de l'intérêt dont les rentes sur l'État sont productives.

Sans nous arrêter à démontrer que le concours de l'État ne pourrait jamais nuire, nous dirons que l'argumentation de la commission repose sur la confusion qu'elle fait de la solvabilité définitive des associations avec leur solvabilité immédiate. Comme son savant rapporteur, nous admettons que la garantie des pouvoirs publics, ainsi que le projet de loi propose de la faire donner aux obligations des sociétés, est d'une complète inutilité; comme lui, nous reconnaissons l'impossibilité de s'adresser aux départements; mais nous maintenons la nécessité de faire pour les institutions nouvelles ce qu'il approuve qu'on ait fait pour les comptoirs d'escompte, en leur accordant le concours de l'État pour la constitution de leurs fonds de garantie.

Convaincu comme nous le sommes que le crédit des associations ne peut être assuré que par la formation, dès leur début, d'un fonds de réserve en espèces déposées en compte courant au trésor public, nous ne voyons aucun inconvénient à ce que, pour se procurer ce fonds, elles soient autorisées à contracter des emprunts que l'État garantirait, jusqu'à leur remboursement, auquel il serait pourvu par elles dans un délai déterminé, et nous ne connaissons pas de moyen plus simple et plus efficace de satisfaire à cette condition de leur existence.

Le concours de l'État ainsi restreint dans son importance et dans sa durée, se dépouille de ce que présente d'effrayant une garantie qui engage les finances publiques, pour un temps, pour des sommes illimités et encore sans atteindre le but qu'on se propose. Il n'est vraiment que la reproduction de ce qui a été si souvent pratiqué, de ce que l'on pratique encore avec tant de succès dans l'Amérique du nord, de ce que nous avons plus d'une fois pratiqué nous-mêmes. C'est ce qu'on appelle prêter le crédit de l'État (*loan the credit of the estate*) à des associations dont on attend des résultats intéressant la prospérité générale (*internal improvements*). Aucune perturbation, par cela même, ne serait apportée dans le système financier, de même qu'aucune chance de perte ne serait ouverte pour l'avenir, et, ce qui est bien essentiel en pareille matière, on ne ferait que suivre la voie tracée par l'expérience qui nous apprend que tous les grands établissements de crédit foncier de l'Europe doivent la vie aux dotations qu'ils ont reçues des pouvoirs publics et que partout où les gouvernements sont intervenus dans le but de favoriser les institutions naissantes, la garantie est restée purement nominale sans jamais avoir été compromise. (*Rapport du ministre du commerce à M. le président de la république*, 2 janvier 1851.)

Dans le cas où l'assemblée législative, se montrant moins hardie ou moins favorable aux institutions de crédit foncier que le gouvernement, leur refuserait un concours qui, sans aucun danger pour la fortune publique, deviendrait le signal de la confiance générale, il n'en serait pas moins essentiel de modifier les propositions de la commission dans ce sens que la réunion préalable des sommes destinées à former le fonds de réserve devrait être obligatoire, rien ne pouvant suppléer l'accomplissement de cette condition en dehors de laquelle l'exactitude de l'association à remplir ses premiers engagements reste sans garantie.

Il en résultera certainement une lourde charge pour l'emprunteur qui, s'il ne peut en être entièrement exonéré, trouverait quelque soulagement dans une combinaison qui consisterait à ajouter au montant de l'obligation la cotisation destinée au fonds de réserve, et à l'annuité, la fraction nécessaire pour éteindre cet accessoire de la dette en même temps que la dette principale elle-même. Le maximum de la somme reconnue prêtable pourrait, il est vrai, être quelquefois dépassé pour un petit nombre d'années ; ce serait un inconvénient sans doute, mais contre les conséquences duquel on se rassurerait par cette considération que la représentation de cette partie de la somme portée dans l'obligation, est restée dans la caisse de l'association, sans cesser d'être la propriété de l'emprunteur, à qui, sauf le cas de sinistres hors de toutes prévisions, l'on en tiendra compte, en capital et en intérêt, au jour de sa libération.

§ — III. DU RAPPORT A ÉTABLIR ENTRE LA VALEUR DES PROPRIÉTÉS HYPOTHÉQUÉES ET LA QUOTITÉ DU PRÈT.

Entre le projet du gouvernement, qui veut que le maximum des prêts soit déterminé en raison de la valeur vénale et du revenu net de la propriété, de manière que le prêt ne dépasse pas la moitié de la valeur de la propriété, et que l'annuité ne dépasse pas les deux tiers du revenu net, entre ce projet et celui de la commission, d'après lequel les obligations ne pourraient excéder, en tous cas, le tiers de la valeur des immeubles hypothéqués, le choix ne nous paraît pas douteux. Nous préférons les dispositions proposées par la commission, parce que, conduisant au même but, la limitation des prêts au tiers de la valeur des biens engagés, elle le fait nettement, carrément, sans aucune de ces complications de calculs qui souvent produisent des résultats opposés à ceux que l'on cherche.

Mais pourquoi cette limitation des prêts des sociétés au tiers de la valeur des biens hypothéqués, lorsque, en Allemagne, en Pologne, en Russie, ce rapport s'élève à la moitié au moins, quelquefois aux deux tiers, que, même dans certains cas, dans celui, par exemple, où la somme empruntée doit être employée à améliorer le fonds, on dépasse cette dernière proportion des deux tiers, laquelle a été définitivement adoptée par l'association de Silésie, la plus ancienne et la plus puissante de toutes, à l'époque de la réforme de 1835, qu'a introduit dans ses statuts le principe de l'amortissement successif et forcé?

Pour justifier ce que les deux projets nous paraissent avoir de trop restrictif à cet égard, on s'appuie sur des considérations de nature différente, puisées les unes dans l'intérêt propre des propriétaires eux-mêmes, les autres dans celui de la durée et de la solidité des associations.

Dans l'intérêt propre des propriétaires, on dit qu'il faut s'abstenir d'exciter en eux le goût des emprunts trop considérables, que les emprunts qui dépassent la proportion du tiers ne leur laissent plus aucun revenu, et que le mieux pour eux, dans cette position, est de trouver, non un prêteur, mais un acquéreur pour leurs propriétés.

Si le conseil est sage pour le propriétaire qui, vivant du revenu d'un fonds de terre, emprunte seulement le tiers de la valeur que ce revenu représente, on conviendra, d'un autre côté, qu'il n'est à l'usage ni de ceux qui s'adressent aux associations pour obtenir les moyens de rembourser des emprunts antérieurs, ni de ceux qui destinent les ressources procurées par leurs emprunts à des améliorations propres à augmenter la valeur et le revenu de leurs propriétés, ni de ceux qui, cultivant par leurs mains, trouvent dans l'exploitation de leurs biens, un revenu supérieur au fermage qu'en retire le propriétaire oisif. Évidemment, ces diverses catégories d'emprunteurs ont intérêt à demander à l'emprunt tout ce qu'ils peuvent en obtenir, et comme il leur serait impossible de trouver des prêteurs consentant à venir à la suite de créanciers armés des priviléges et des moyens d'action concédés aux compagnies, ils devront s'abstenir de réclamer un concours insuffisant qui leur interdirait toute autre ressource. Il arriverait donc que la trop grande rigueur des associations écarterait d'elles ceux-là mêmes des propriétaires qui, partout ailleurs, composent la clientelle la plus nombreuse et la plus digne d'intérêt des établissements de cette nature. De tous les pays dotés d'institutions de crédit foncier, la France serait le seul qui aurait trouvé le moyen de leur enlever toute efficacité, soit pour la libération des propriétaires obérés, soit pour l'amélioration de l'agriculture.

Les partisans de cette limitation exagérée des prêts ont été frappés des inconvénients produits par la passion d'acquérir des terres dont sont possédés les habitants de la campagne dans la plus grande partie de la France, et du danger qu'il y aurait à favoriser cette

regrettable tendance. Nous ne nions pas ces inconvénients ; mais il nous semble qu'on ne tient pas suffi-
samment compte des avantages qui font plus que les
compenser. Dans cette passion s'est trouvé le plus puis-
sant des excitants à l'économie, à l'ordre, au travail,
et, si elle a été pour beaucoup de familles une cause
de gêne et de ruine, elle en a conduit un bien plus
grand nombre encore à entrer et à se maintenir dans
les rangs des petits propriétaires ruraux, de cette classe
sur le développement de laquelle repose peut-être aujourd'hui la conservation de l'ordre social.

Et en effet, il n'est pas rare de voir en France une
famille nombreuse se créer une existence aisée et indé-
pendante en cultivant quelques hectares de terre, sa
propriété, dont la rente, s'ils étaient affermés, ne re-
présenterait qu'une très faible partie de la dépense indispensable à sa subsistance. Souvent, dans cette
situation, le chef de la famille acquiert un morceau de
terre à sa convenance, sans avoir l'argent nécessaire,
et malgré le taux usuraire auquel il emprunte, il arrive qu'il parvient, au prix d'énergiques efforts, à
éteindre sa dette, comme il arrive aussi quelquefois, de
fâcheuses circonstances survenant, qu'il tombe pour
son remboursement dans d'inextricables embarras. Eh
bien ! avec de bonnes institutions de crédit foncier, les
inconvénients disparaissent, les avantages subsistent.
Assurée de se libérer du capital qu'elle emprunte, sans
avoir rien à payer au-delà de l'intérêt exigé d'elle par
le prêteur d'aujourd'hui, la classe des petits cultiva-
teurs se développe en toute liberté, et la propriété, ainsi
que le constate l'expérience, suit la pente qui la conduit, ou plutôt qui la ramène aux mains des exploi-
tants, sans pourtant être exposée à un morcellement

excessif incompatible avec une culture productive ;
c'est-à-dire qu'elle se constitue de la manière qui pro-
cure le plus d'indépendance, de moralité, de santé, de
force, de bonheur aux individus, et peut le mieux cal-
mer les inquiétudes si généralement répandues aujour-
d'hui sur l'avenir de nos sociétés modernes. Si c'est
là le but auquel il faut tendre, gardons-nous donc
de le manquer par une sollicitude mal entendue des
intérêts que nous sommes dans l'intention de servir,
ainsi qu'on s'y exposerait certainement en voulant
donner aux prêts des associations d'autres limites
que celles commandées par le soin de leur propre sécurité.

Pour prouver l'intérêt personnel des associations à
fixer la limite des prêts au tiers de la valeur des biens,
on dit qu'en l'élevant davantage, à moitié par exemple,
le service de la dette exige une annuité qui, en absor-
bant la totalité du revenu, rend la position du créancier trop dure, celle du débiteur trop chanceuse, et
l'on insiste surtout sur ce point, qu'il importe, afin
d'éviter l'expropriation, en cas de retard dans le payement de l'annuité, que l'association puisse toujours,
en opérant le séquestre, être désintéressée par la per-
ception des produits de l'immeuble.

A notre sens, on se fait ici illusion sur les avantages
que les associations retireront de la faculté de séquestrer les biens de leurs débiteurs en retard. Le séquestre
ne sera jamais utilement applicable qu'aux très grandes
propriétés. C'est une arme dont il est bon de nantir les
associations, quoiqu'elles ne doivent en user que rarement et passagèrement, et que leur véritable garantie
réside principalement dans l'exacte appréciation de la
valeur vénale du gage, et dans la faculté de le faire

vendre sans les lenteurs et les frais des expropriations ordinaires.

La question étant posée en ces termes : Quel rapport doit-il exister entre le prêt et la valeur des biens pour suffire à la sécurité des associations ? Nous répondrons sans hésiter :

En présence des expériences faites partout où ces établissements fonctionnent, et alors que chez nous il n'est pas un homme d'affaires qui n'affirme qu'un prêt fait dans la proportion de la moitié, sur une première hypothèque affectant des propriétés rurales, n'a jamais donné lieu à aucun sinistre, on peut hardiment adopter la même limite pour des associations armées de moyens particuliers d'action en vue d'arriver rapidement et économiquement à la vente du gage, pourvues d'un fonds de réserve, et trouvant dans le jeu de l'amortissement la réduction incessante de la dette contractée envers elles.

Dans cette situation, quelles craintes pourrait-on raisonnablement concevoir ? la détérioration du gage ? Mais cette détérioration n'est pas, pour les biens ruraux, dans la nature des choses. Grâce aux savantes analyses de Malthus et de Ricardo, tout le monde sait aujourd'hui que la quantité des terres cultivables étant bornée, tandis que les causes d'où dépend la hausse du fermage : accumulation du capital, accroissement de la population, perfectionnement des procédés de l'agriculture, ne le sont pas, la hausse successive de la rente, et, par suite, celle de la valeur vénale de la terre est un fait permanent, auquel vient contribuer encore la dépréciation des signes monétaires causée par l'accroissement continuel de la quantité des métaux précieux jetés dans la circulation.

Et qu'on le remarque bien, il ne peut être question
ici d'une détérioration passagère qui viendrait, comme
en 1848, frapper les propriétés et ruiner ceux de leurs
possesseurs qui seraient forcés de se libérer dans ces
circonstances désastreuses; les institutions de crédit
foncier, au nombre des avantages qu'elles sont appelées à produire, comptent surtout celui de mettre les
propriétaires qui empruntent à l'abri de ces catastro-
phes qu'il leur est impossible d'éviter autrement. C'est
donc seulement d'une détérioration produite à la longue, par des causes persistantes qu'il s'agit; mais,
œuvre du temps, elles n'auront rien de redoutable, car
dans le cas où, par impossible, contre toutes proba-
bilités, le temps viendrait à abaisser la valeur du gage,
il aurait, du même pas, grâce à l'action de l'amortissement, amené la diminution de la dette, et la créance
de l'association n'en serait pas moins garantie.

Redouterait-on les erreurs des agents chargés des
évaluations ou la tendance des sociétés à multiplier leurs
opérations outre mesure?

Contre les erreurs, et surtout contre les erreurs volontaires des agents chargés des évaluations, l'abaissement du rapport à maintenir entre la valeur de l'hypothèque et la quotité du prêt, n'offre qu'un remède bien
inefficace. Si la loi est éludée, si elle n'est qu'une lettre
morte, le danger contre lequel on veut se précaution-
ner se produira, quelle que soit la limite qui aura été
législativement prescrite. Mais une telle supposition
n'est pas admissible; il n'est pas permis de présumer
que la mission de surveillance et de contrôle que la loi
confie, ou plutôt impose aux dépositaires de la puissance
publique, ne sera pas sérieusement remplie, que les
compagnies, lorsque cela dépendra du gouvernement,

ne seront pas maintenues dans les voies de la prudence
et de la loyauté. Ajoutons encore qu'en restreignant,
comme nous pensons qu'on devrait le faire, aux seules
associations de propriétaires-emprunteurs, les faveurs
et les priviléges de la législation nouvelle, on n'aura rien
à craindre des ambitieuses tendances qu'on a signalées
et qui ne sont naturelles, le rapport de la commission
le reconnaît, qu'aux sociétés de capitalistes. L'intérêt
prédominant des premières, qui ne cherchent pas de
bénéfices pour des actionnaires, qui n'ont rien à gagner
et beaucoup à perdre au développement exagéré de leurs
opérations, étant avant tout d'asseoir leur crédit sur
des bases solides, ce qu'elles ne peuvent obtenir qu'en
suivant les conseils de l'honnêteté et de la sagesse, leurs
agents ne manqueront pas d'agir dans le même esprit.

Qu'à leur début, nos établissements de crédit foncier
s'abstiennent d'allures aussi hardies que celles qu'ont
pu prendre impunément des associations dont la force
repose sur une longue expérience et de précédents succès, nous le comprenons. Nous pensons seulement qu'il
ne faut pas que la prudence dégénère en une timidité
dont l'excès, paralysant l'action des institutions nouvelles, leur serait aussi funeste que la témérité. Limiter
à cinquante pour cent le maximum des prêts à faire sur
les terres arables, en laissant aux associations le soin
de déterminer dans leurs statuts, pour les autres natu-
res de propriétés, des proportions plus restreintes, ce
serait, à ce que nous pensons, se tenir dans une intel-
ligente réserve, et à l'appui de cette opinion nous invo-
querons l'autorité du ministère et de la chambre des
représentants de Belgique, qui, tout récemment, se sont
mis d'accord pour en faire la règle des opérations du

grand établissement appelé à naturaliser le crédit foncier dans ce pays.

§ IV. DE LA COMPOSITION DE L'ANNUITÉ.

L'art. 9 du projet du gouvernement se contente de prescrire que l'annuité devra comprendre l'intérêt stipulé, la somme affectée à l'amortissement successif du capital, de plus, s'il y a lieu, les frais d'administration et autres taxes déterminées par les statuts, pourvu que le tout n'excède pas 6 pour 100 du capital des obligations émises. En le comparant avec l'art. 3 du projet de la commission, qui, en même temps qu'il adopte la limite de 6 pour 100 pour l'annuité, fait entrer dans sa composition :

1° L'intérêt dont le taux le plus élevé ne peut dépasser 4 1/2 pour 100,

2° L'amortissement qui ne pourra être inférieur à 1 ni supérieur à 2 pour 100,

3° L'impôt dû au trésor (10 centimes par 100 francs),

4° Les frais d'administration,

5° Les éléments d'un fonds de réserve,

On retrouve, de la part de la commission, cette tendance déjà signalée à l'occasion de la composition des conseils d'administration, à être plus restrictive que le gouvernement ; et cependant, dans une loi destinée à régir un grand nombre d'établissements disséminés sur la surface d'un pays aussi étendu que la France, placés, par conséquent, en face de moyens et de besoins divers, il importe de laisser aux sociétés le soin de statuer sur tout ce qui peut être réglé par elles, sans danger pour la fortune publique. Ici, par exemple, si la prudence conseille d'interdire aux emprunteurs de

prendre des engagements trop lourds en s'obligeant à
servir des annuités supérieures à 6 pour 100, on conçoit qu'il peut être utile de leur conserver la faculté de
débattre eux-mêmes avec les associations, le taux de
l'intérêt et la quotité de l'amortissement du capital
emprunté, tout en restant dans la limite prescrite.

Préoccupée du désir d'assurer des conditions favo-
rables à la propriété, la commission veut que le taux
de l'intérêt stipulé ne dépasse pas 4 $^{1}/_{2}$. Mais cette disposition va-t-elle bien au but qu'elle se propose? Supposons que les circonstances permettent aux preneurs
des lettres de gage d'exiger de leurs capitaux un intérêt plus élevé, ce qui arrivera est facile à prévoir.
L'emprunteur négociera à perte les titres qui lui seront remis ; il payera de la somme qu'il se sera ainsi
procurée un intérêt plus élevé que le taux stipulé, et
sera tenu au remboursement d'un capital supérieur à
celui qu'il aura réellement encaissé. Limiter le taux
de l'intérêt qu'il sera permis de stipuler dans les obligations, ce n'est pas toujours un avantage et ce peut
être un inconvénient pour les emprunteurs. La meilleure des conditions qu'on puisse leur faire, c'est de
leur donner des lettres de gage constituées à un intérêt tel que la négociation en soit possible à un taux
voisin du pair, et personne n'est aussi bien placé que
les associations et les parties intéressées pour savoir comment y parvenir. Sous ce rapport, le projet du gouvernement leur laissant une plus grande liberté d'agir selon
les lieux et les circonstances, mériterait la préférence.

Avec le projet du gouvernement il pourra se faire,
il est vrai, que l'amortissement soit inférieur à un
pour cent. Mais quel dommage trouve-t-on à cela?
Est-il bien certain qu'il y ait un intérêt majeur à exi-

ger un très prompt amortissement des emprunts contractés par l'intermédiaire des associations? Sans dis-
cuter cette question, nous nous bornerons à dire qu'en
Allemagne, on accorde quelquefois une grande latitude
à cet égard sans qu'il en soit résulté rien de fâcheux,
en ajoutant toutefois que dans le cas où l'on voudrait
procéder tout différemment, il conviendrait de déterminer nettement le nombre d'années après lequel l'a-
mortissement devrait être nécessairement effectué, car
en se bornant à prescrire un minimum d'amortissement, on n'atteint pas le but que se propose le législateur, de poser une extrême limite à la durée de la
libération de l'emprunteur. C'est ce que démontre les
calculs suivants : l'intérêt étant stipulé

à 4 $\frac{1}{2}$ un amortissement de 1 p. $_0/^0$ éteint la dette en 38 ans.
à 4   id.   id.   41
à 3 $\frac{1}{2}$ id.   id.   44
à 3   id.   id.   47

D'où il suit que la rédaction proposée par la commission aurait pour résultat d'interdire aujourd'hui
aux emprunteurs la convention d'après laquelle, sans
sortir de la limite assignée à l'annuité, ils s'engage-
raient à servir un intérêt de 4 $\frac{3}{4}$ et un amortissement de $\frac{3}{4}$ pour $^0/_0$, ce qui assurerait leur libération
en 43 ans, tandis qu'un peu plus tard, le taux de l'intérêt baissant à 3 pour $^0/_0$, et l'amortissement restant
le même, cette libération pourrait n'être effectuée
qu'en 47 ans, et même dans un laps de temps plus
considérable encore, si l'intérêt descendait davantage.
Une semblable anomalie ne nous paraît pas justifiable.
La disposition qui l'autorise ne saurait être adoptée,
alorsmême que l'on hésiterait à entrer dans la voie plus
large ouverte par le projet ministériel, en s'en remet-

tant aux statuts des associations de régler la marche
de l'amortissement, sous la réserve toujours pour le
gouvernement de donner son approbation à leurs
combinaisons.

Un autre motif d'écarter, ou tout au moins de modifier les prescriptions de la commission, c'est qu'elles
ne permettraient même pas de stipulations d'intérêt
au taux de 4 $\frac{1}{2}$ pour $^0/_0$, et qu'il sera toujours impossible de faire la répartition de l'annuité comme elle est
indiquée dans le rapport, à savoir :

Intérêt annuel à servir aux porteurs des lettres de
gage. . . . . 4 fr. 50 c.
Amortissement. . . . . 1 »
Impôt. . . . . » 10
Frais d'administration. . . . . » 10
Fonds de réserve et de garantie, frais im-
prévus. . . . . , ... » 30
                        Total. . . . 6 fr. » c.

Comment, en effet, maintenir cette répartition en présence du mécompte qu'on éprouvera certainement sur
un de ses chiffres, nous voulons parler des frais d'administration évalués à dix centimes par cent francs,
quand l'expérience, l'inexorable expérience nous apprend qu'en Allemagne, ils ne descendent pas au-
dessous de vingt-cinq centimes, ce qui signifie qu'au
début de nos associations ils seront probablement
plus élevés. La différence, ne fût-elle que de quinze
centimes, sur quoi la fera-t-on porter? Le chif-
fre de la retenue pour le fond de réserve est à peine
suffisant; l'impôt est invariable par sa nature; l'amortissement ne peut être au-dessous de un pour cent, et
bien que nous lisions dans le rapport que l'annuité

pourra être réduite soit par l'abaissement de l'intérêt, soit par la plus longue durée de l'opération qui permettrait de diminuer la quotité de l'amortissement, nous ne voyons pas comment il serait possible d'échapper à une disposition aussi formelle de la loi. Force serait donc d'abaisser le taux stipulé de l'intérêt au-dessous de 4 $^1/_2$, ce qui peut être une entrave fort gênante pour les premières opérations des associations, sans profit aucun pour les emprunteurs.

Quant à la faculté que la commission propose de donner aux emprunteurs de porter à sept pour cent le taux de l'annuité, à la condition que l'amortissement sera de deux, nous n'avons pu nous rendre compte des avantages qu'elle leur procurerait, en échange des chances d'embarras qu'ils consentiraient à courir dans le cas où ils se verraient privés des ressources sur lesquelles ils comptaient pour accélérer extraordinairement leur libération, la loi leur permettant de s'acquitter, quand il leur plaît et comme il leur plaît, totalement ou partiellement, du capital de leur dette. La faculté de s'exposer bénévolement, sans compensation, à des embarras possibles, mérite-t-elle, en vérité, de devenir une disposition législative ?

§ V. — DES DISPOSITIONS PROPOSÉES PAR LE GOUVERNEMENT COMPARÉES A CELLES PROPOSÉES PAR LA COMMISSION POUR LA CONSTITUTION DES ASSOCIATIONS DE PROPRIÉTAIRES EMPRUNTEURS.

Après avoir examiné avec quelques détails les questions qui, à ce qu'il nous semble, appellent encore une controverse utile, il ne nous reste plus qu'à indiquer sommairement les points sur lesquels la commission et le gouvernement diffèrent, et ceux où ils se trouvent d'accord.

Accorder aux associations autorisées le droit de purger les hypothèques légales et les droits résolutoires non inscrits qui frappent les biens offerts en hypothèques, de séquestrer et de vendre par la voie parée ceux qui ont été engagés, d'être payées directement et immédiatement par les acquéreurs des biens hypothéqués, sans que le payement puisse être arrêté ou retardé par les contestations des créanciers postérieurement inscrits, d'émettre en échange d'obligations payables par annuités, des titres de toutes coupures remboursables par tirage au sort et transmissibles sans frais ni formalités;

Interdire aux tribunaux d'accorder aucun délai aux débiteurs des établissements, soumettre ces établissements à la surveillance du gouvernement qui pourra prononcer leur dissolution en cas d'infraction aux statuts ou aux dispositions de la lni;

Sur tous ces points l'accord est parfait entre le gouvernement et la commission qui, venue la dernière, a pu mettre à profit les lumières des hommes éminents qu'elle compte dans son sein, pour améliorer et compléter l'œuvre de son devancier.

Toutefois, en comparant les deux projets dans leur ensemble, nous avons remarqué qu'on ne trouve pas dans celui de la commission diverses dispositions proposées par le gouvernement, et qui ont pour objet :

1° De n'admettre d'opposition au payement du capital ou des intérêts des obligations des associations (lettres de gage) qu'en cas de perte seulement (art. 23);

2° De prescrire le remboursement, dans le courant de l'année, des obligations (lettres de gage) au prorata de la rentrée des sommes affectées au remboursement (art. 24);

3° D'admettre les sociétés à déposer leurs fonds libres au trésor, aux conditions déterminées par le gouvernement (art. 25);

4° De faire fixer par les statuts le maximum des
prêts qui pourront être faits au même emprunteur
(art. 26, n° 3);

5° De stipuler, en cas de retrait de l'autorisation
donnée à l'association, la nomination, par le tribunal
civil, d'une administration provisoire chargée d'opérer les recouvrements et de convoquer les associés à
l'effet de délibérer sur les mesures à prendre (art. 29).

A vrai dire, l'utilité de la plupart de ces dispositions
nous semble facile à établir, et à l'exception d'une
seule, celle relative à la fixation du maximum des prêts
à faire au même emprunteur, nous nous demandons
encore si les omissions ont été volontaires ou non.
Quant à l'efficacité de celle que nous venons d'excepter, nous ne l'avons jamais comprise. Les statuts des
associations allemandes ne contiennent rien de semblable, et nous pensons que la commission a agi ra-
tionnellement en l'écartant.

Nous n'en dirons pas autant de la suppression qu'elle
a faite de la stipulation relative à la fixation du minimum des prêts qu'elle abandonne aux statuts. La commission ne fait-elle pas erreur en considérant le minimum de 500 francs comme trop faible dans certains
pays, comme trop élevé dans d'autres? Ne forme-t-il
pas partout l'extrême limite au dessous de laquelle il
sera toujours impossible de descendre? La liberté
laissée aux associations aura-t-elle d'autres conséquences que d'encourager leur tendance naturelle à
élever ce minimum et d'exposer ainsi les petits emprunteurs à être privés du bénéfice de la loi nouvelle?

S'il devait en être ainsi, la disposition du projet du gouvernement ne serait pas sans efficacité et il serait mieux de la maintenir.

Du reste, la commission ne pouvait donner un plus solide témoignage du désir qu'elle éprouve de doter le pays d'institutions dans les bons résultats desquels elle a foi sans s'en exagérer l'importance, que par le soin qu'elle a pris d'introduire dans son projet une foule d'améliorations de rédaction et de détail, à côté de dispositions d'une plus haute portée dont l'initiative lui appartient également. Parmi ces perfectionnements réels nous signalons les suivants :

Une disposition spéciale met à la charge des débiteurs les frais nécessités par l'appréciation de la valeur des immeubles offerts en garantie (art. 4 du projet de la commission).

Une marche plus simple et plus rapide est indiquée pour arriver à désintéresser les créanciers précédemment inscrits que les emprunts contractés sont destinés à rembourser en capital et intérêts (art. 10).

Le droit d'enregistrement des obligations, d'émission et de transmission des lettres de gage, est remplacé par le payement d'une taxe égale à dix centimes pour cent francs de capital (art. 12).

L'action des porteurs de lettres de gage est positivement restreinte à celle qu'ils peuvent exercer contre l'établissement (art. 14).

Les formalités des purges légales sont rendues plus simples, moins dispendieuses, en même temps que de nouvelles précautions sont prises pour sauvegarder les intérêts de ceux que les lois ont voulu protéger par la concession d'hypothèques et de priviléges non inscrits (art. 39).

L'insertion dans les contrats, des articles des statuts relatifs à la procédure sommaire que la loi permet d'adopter est remplacée par un extrait des statuts dispensé d'enregistrement (art. 41).

Les précautions les mieux entendues sont prises contre la fraude au moyen de laquelle on essayerait de rendre illusoire la mise en séquestre des biens engagés (art. 44).

La caisse des dépôts et consignations, la caisse des invalides de la marine, les caisses d'épargne, la caisse générale de retraite des employés ou agents des divers services publics, les caisses de secours mutuels, les sociétés d'assurance, sociétés tontinières, caisses des familles, les hospices, bureaux de bienfaisance et autres établissements sont autorisés, dans les cas où ils peuvent convertir les fonds en rentes sur l'État, à acquérir des lettres de gage, la banque de France à admettre à l'escompte des effets revêtus de deux signatures, s'ils sont en outre garantis par un transfert ou un dépôt de ces mêmes titres (art. 45).

Les lettres de gage sont mises au rang des valeurs négociables cotées aux bourses publiques. Le maximum du courtage exigible pour leur négociation est fixé à un seizième de franc pour cent francs (art. 46).

Il est établi un tarif particulier pour les honoraires dus aux officiers publics appelés à concourir aux actes d'obligations de rente, de libération, de purge, de subrogation et autres, auxquels pourront donner lieu les opérations des sociétés de crédit foncier (art. 47).

Ces établissements sont placés à l'abri d'une concurrence qui pourrait leur devenir funeste, en même temps que des précautions sont prises pour qu'ils n'exercent pas un monopole dont souffrirait l'intérêt général (art. 48).

Les projets de statuts sont assujettis à l'examen des conseils généraux des départements intéressés, c'est-à-dire des meilleurs appréciateurs des besoins et des ressources de chaque localité (art. 51).

Enfin les associations sont rendues justiciables des tribunaux consulaires, en vue de leur procurer la juridiction la plus rapide et la moins coûteuse (art. 53).

Toutes ces dispositions, sans en excepter une seule, nous paraissent devoir prendre place dans la rédaction définitive de la loi qu'elles tendent à améliorer, et nous avons cru faire quelque chose d'utile en en présentant ici le simple résumé sans nous attacher à faire ressortir le plus ou moins d'importance des résultats que chacune d'elles peut produire, et qu'il est facile d'apprécier.

CHAPITRE IV.

Résumé et projet.

Des études qui précèdent, il est résulté pour nous la conviction qu'en combinant ensemble celles des dispositions des projets du gouvernement et de la commission qui se rapportent aux associations de propriétaires emprunteurs, on pourrait en faire quelque chose de plus favorable à l'introduction et au développement du crédit foncier chez nous, que ce que présente chacun de ces projets pris séparément. Ce travail de pure compilation, nous l'avons essayé en y introduisant trois dispositions qui ne sont pas au nombre de celles des deux projets ou qui en diffèrent :

La première restreint aux associations de propriétaires emprunteurs le bénéfice de la législation nouvelle;

La deuxième impose à ces associations l'obligation, et leur donne les moyens d'avoir dès leur début un fonds de réserve suffisant pour assurer leur solvabilité immédiate;

La troisième fixe le maximum des prêts à la moitié de la valeur de la propriété, sans égard au rapport existant entre l'annuité et le revenu net.

Ces dispositions sont-elles de nature à améliorer le projet? Nous le croyons, parce qu'elles ne sont en définitive qu'une plus rigoureuse application des principes de la matière et des enseignements de l'expérience, de l'expérience, la seule autorité irrécusable en affaires de banque, le seul guide auquel on puisse se confier sans risquer de s'égarer. Ajoutons, en terminant, que le même esprit nous a guidé dans le choix que nous avons fait des dispositions empruntées aux deux projets. Si c'est un mérite pour une œuvre de cette nature, à défaut de tout autre nous pourrons le revendiquer.

PROJET

TITRE PRÉLIMINAIRE.

Art. 1ᵉʳ. Les sociétés de crédit foncier, *constituées par des propriétaires emprunteurs* et autorisées par le gouvernement, jouissent des droits et sont soumises aux règles déterminées par la présente loi.

L'autorisation est donnée par décret du Président de la République dans la forme des règlements d'administration publique.

TITRE Iᵉʳ.

Des prêts, des obligations et de l'administration des sociétés de crédit foncier.

Art. 2. Comme à l'art. 2 du projet de la commission.

Art. 3. L'obligation des propriétaires possesseurs de lettres de gage envers la société consistera dans le payement, pendant la période qui sera déterminée par chaque contrat, en conformité des statuts, d'une annuité payable par semestres ou par trimestres, et qui comprendra l'intérêt stipulé, la somme affectée à l'amortissement successif du capital, l'impôt dû au trésor, qui sera déterminé ci-après, les frais d'administration, et les éléments d'un fonds de réserve, pourvu que le tout n'excède pas 6 pour 100 du capital des obligations émises.

Art. 4. Comme à l'art. 4 du projet de la commission.

Art. 5. Comme à l'art. 5 du même projet, en ajoutant :

Dans le courant de chaque année, il sera procédé au remboursement des obligations au prorata des sommes affectées au remboursement.

Art. 6. Comme à l'art. 6 du projet de la commission.

Art. 7. Toutes les obligations contractées en faveur des sociétés devront être garanties par première hypothèque.

Elles ne pourront excéder *la moitié* de la valeur des immeubles hypothéqués, ni *être inférieures à* 500 *fr.*

Les bâtiments hypothéqués devront être assurés contre l'incendie.

Art. 8. Comme à l'art. 8 du projet.

Art. 9. Comme à l'art. 9.

Art. 10. Comme à l'art. 10.

Art. 11. Comme à l'art. 11.

Art. 12. Comme à l'art. 12.

Art. 13. Comme à l'art. 13, en ajoutant :

Il n'est admis d'opposition au payement du capital et des intérêts des lettres de gage qu'en cas de perte de l'obligation.

Art. 14. Comme à l'art. 14.

Art. 15. Comme à l'art. 15.

Art. 16. *Les sociétés de crédit foncier autorisées sont admises à déposer leurs fonds libres au trésor, aux conditions déterminées par le gouvernement.*

Art. 17. *Elles sont tenues d'avoir un fonds de réserve, qui devra toujours comprendre en numéraire ou en fonds déposés, conformément à l'article précédent, une somme égale au moins à l'intérêt, pendant un an, des obligations émises.*

Pour la formation primitive de ces fonds, les sociétés seront autorisées, pendant les cinq premières années de leur existence, à contracter des emprunts, que le gouvernement pourra garantir, toutes les fois que les statuts auront pourvu au service des intérêts et au remboursement du capital desdits emprunts dans un délai qui n'excédera pas dix années, à partir de l'expiration des cinq pendant lesquelles ils auront été contractés.

Art. 18. Les directeurs des sociétés seront nommés par le Président de la République et révocables par lui. Les nominations auront lieu sur deux listes de présentation, comprenant chacune trois candidats, et émanant, l'une du préfet du département où sera établi le siége de la société, l'autre du conseil d'administration de l'établissement.

Les fonctions du directeur seront salariées.

Il sera assisté d'un conseil d'administration.

Les statuts régleront ce qui sera relatif au mode de nomination et d'élection du directeur et du conseil d'administration, ainsi qu'à leurs attributions respectives et aux garanties à exiger d'eux.

Un mode spécial de nomination du conseil d'administration pourra être admis par les statuts pour la première formation de ce conseil.

Art. 19. Comme à l'art. 18 du projet de la commission.

TITRE II.

Dispositions générales.

Art. 20. Comme à l'art. 38 du projet de la commission.

Art. 21. Comme à l'art. 39.

Art. 22. Comme à l'art. 40.

Art. 23. Comme à l'art. 41.

Art. 24. Comme à l'art. 42.

Art. 25. Comme à l'art. 43.

Art. 26. Comme à l'art. 44.

Art. 27. Comme à l'art. 45.

Art. 28. Comme à l'art. 46.

Art. 29. Comme à l'art. 47.

Art. 30. Comme à l'art. 48.

Art. 31. Comme à l'art. 49.

Art. 32. Comme à l'art. 50, en retranchant ces mots :

N° 5. Le minimum des prêts

N° 4. Le taux maximum de l'intérêt et celui de l'amortissement, dans les limites fixées par la présente loi.

Art. 33. Comme à l'art. 51.

Art. 34. Comme à l'art. 52.

Art. 35. Comme à l'art. 53, en y ajoutant :

Dans le cas où la révocation de l'autorisation sera prononcée, le ministre de l'agriculture et du commerce provoquera la nomination par justice d'une administration provisoire.

Cette administration sera nommée par le tribunal civil à la requête du ministère public.

Elle sera chargée d'opérer les recouvrements, de payer les sommes dues, et de convoquer les associés dans un délai déterminé, afin de délibérer sur les mesures à prendre.

Le jugement sera exécutoire par provision, nonobstant opposition en appel.

ÉTUDES

SUR LES INSTITUTIONS DU CRÉDIT FONCIER.